À Nathan. Très tendrement
J.-M. R.

Pour mes grands-parents
S. M.

Loi 49.956 du 16.07.1949

Dépôt légal : 1er trimestre 2004

ISBN : 2.7459.1088.4
Imprimé en France par Pollina s.a., 85400 Luçon - n° L92088

Jean-Marie Robillard

Sébastien Mourrain

Loup Gris

MILAN
jeunesse

Il était une fois, sur la couverture d'un album de la bibliothèque, un grand loup au poil gris et aux longues dents pointues.
Il s'appelait Loup-Gris, Loup-Gris de la forêt noire. Car dans la forêt de l'histoire où habitait Loup-Gris, on ne trouvait que des arbres sans feuilles, aussi noirs que la nuit la plus noire.

Et Loup-Gris s'ennuyait dans son histoire.

Il avait beau en parcourir toutes les pages…
Rien ! Pas le plus petit lapin à se mettre sous la dent.
Pas la moindre fleur à regarder pousser.
Pas même un oiseau à écouter chanter…
Rien ! Rien que Loup-Gris, triste à en pleurer
parmi ses arbres noirs.

Un beau matin (c'était un dimanche, et la bibliothèque était fermée), Loup-Gris se décida enfin. Il sortit sans bruit de son histoire et se rendit à pas de loup chez son cousin Loup-Brun qui logeait quelques livres plus loin.

– Comment ça, tu t'ennuies ! s'exclama Loup-Brun. Mais voyons, dans ton histoire, il y a bien un Petit Chaperon rouge ?

– Euh… Non ! répondit Loup-Gris.

– Pas de Chaperon rouge ! Ah… Et une grand-mère bien grassouillette quand on tire la chevillette ?… Il y a bien une grand-mère dans ton histoire ?

– Une grand-mère ?… Non.

– Allons bon, dit Loup-Brun… Quelle drôle d'histoire !…

Il réfléchit quelques instants.

– Écoute. Va donc de ma part demander conseil à mon cousin Loup-Noir, sur le rayon juste au-dessous. Je suis sûr qu'il saura bien te conseiller.

LA MAGIE
LE VIEI
10
LE GRAND
DICT

Loup-Gris sauta sur l'étagère du dessous et aperçut la longue queue de Loup-Noir qui dépassait entre les livres.

– Alors, comme ça, tu t'ennuies ! dit Loup-Noir en ricanant. Pourtant, dans ta forêt, il y a bien trois petits cochons ?

– Des cochons ? Non.

– Allons, allons. Trois petits cochons qui bâtissent leur maison !

– Non, je t'assure ! Ni grand-mère, ni Chaperon, ni cochons bâtissant leur maison !

Loup-Noir avait l'air songeur.

– Écoute, dit-il, je ne comprends rien à ton histoire... Pas de cochons !... Mais attends, j'ai un vieil oncle là-bas, dans un grand album sur le présentoir vert. Je suis sûr qu'il saura bien te conseiller.

Loup-Gris s'approcha lentement du présentoir vert et aperçut la patte blanche d'un grand loup.
– Comment ça, mon ami, dit Loup-Blanc, tu t'ennuies ? Mais dis-moi, dans ton histoire, que fais-tu de la chèvre ?
– La chèvre ?
– Oui, la chèvre et ses sept biquets.
– Mais il n'y a pas de chèvre ! Pas plus que de cochons, de grand-mère ou de Chaperon. Et encore moins sept biquets !
Loup-Blanc haussa les épaules.
– Mon pauvre ami, dit-il, je ne vois pas ce que je pourrais faire pour toi. Pas de chèvre ! Pas de biquets ! Quelle histoire !

LE P
POU
POUCET

Loup-Gris s'éloigna
tristement, la tête basse.
Il allait regagner sa place
au creux de sa forêt noire
quand une petite voix
lui fit dresser les oreilles.

– Pssit ! Pssit ! Loup-Gris, je peux t'aider, moi !

– Qui parle ? demanda Loup-Gris.

– Moi, l'oiseau ! Dans la cage de la grand-mère. Là, plus haut.

Loup-Gris leva les yeux et aperçut, sur la couverture d'un petit livre, près d'une grand-mère endormie dans son fauteuil, un minuscule oiseau dans une cage.

– M'aider ? Toi ? ricana Loup-Gris.
– Et pourquoi pas ! Tiens, approche ! Mais ne fais pas de bruit surtout. Grand-Mère a le sommeil léger. Allons, viens plus près !
Loup-Gris approcha sur la pointe des pattes.
– Si tu ouvres la porte de ma cage, chuchota l'oiseau, je t'offrirai une forêt.
– Une forêt ! Toi !... Mais comm... ?
– Chuuut ! coupa l'oiseau en montrant la pendule accrochée au mur. Grand-Mère va se réveiller. Ouvre la cage, et tu verras.
Loup-Gris hésita. Un si petit oiseau !... Enfin, du bout d'une griffe, il poussa le loquet qui fermait la porte de la cage, et l'oiseau s'envola.
– Merci, dit-il. Allez, viens maintenant !

Loup-Gris suivit l'oiseau qui se posa bientôt sur le plus petit des arbres de son histoire.
– Alors… Ma forêt ?
– Doucement ! Doucement ! Tu auras ta forêt. Mais il faudra du temps.
Et tu devras m'aider.
– Eh bien, allons-y ! dit Loup-Gris en bondissant sur ses pattes.
– Bon, si tu veux, dit l'oiseau. Creuse un petit trou avec ta patte. Compte six pas et recommence. Je reviens.
Il s'envola. Loup-Gris creusa un trou, compta six pas et recommença.

L'oiseau revint bientôt et déposa au creux du premier trou le beau marron qu'il avait chapardé parmi les feuilles d'automne du *Livre des saisons*.

– Allez, rebouche le trou, je reviens.

Loup-Gris reboucha le trou et se remit à l'ouvrage, creusant tous les six pas.

L'oiseau, lui, continuait son manège, apportant tour à tour un gland, une châtaigne, une noisette ou un marron qu'il allait picorer à travers les livres et que Loup-Gris recouvrait aussitôt d'un peu de terre.

De page en page, ils travaillèrent ainsi jusqu'au coucher du soleil.
Loup-Gris avait le bout des pattes tout écorché,
l'oiseau les ailes brisées de fatigue.
Mais ils étaient heureux. Alors ils s'endormirent sous les étoiles,
blottis l'un contre l'autre.

– Et maintenant ? demanda Loup-Gris en s'éveillant le lendemain matin.
– Maintenant, il nous faut l'aide de quelques amis. Mais laisse-moi faire, je reviens.
Loup-Gris regarda l'oiseau se poser sur l'étagère des documentaires.
– Voyons, voyons… *Au temps des dinosaures*… *Animaux marins*…
Il sautillait de livre en livre.
– … *Le temps qu'il fait*. Voilà ce qu'il nous faut.

En trois coups d'ailes, il disparut entre les pages et revint, quelques instants plus tard, accompagné d'un petit nuage gris. Il se mit à pleuvoir.
Grelottant de froid, le poil ruisselant, Loup-Gris faisait grise mine.
– Allons, ne fais pas cette tête, lui dit l'oiseau. C'est tout bon pour notre forêt !
Il raccompagna le nuage gris et revint peu après en compagnie d'un beau soleil qui sécha Loup-Gris et réchauffa la terre.
– Très bon ! Très bon ! chantait l'oiseau.
– Très bon... Très bon... bougonnait Loup-Gris. Je ne vois rien changer, moi.

Et pourtant...

Un beau matin, une petite pousse verte pointa le bout du nez entre les arbres noirs. Puis une autre le lendemain. Une autre encore.
En quelques jours, partout où Loup-Gris avait enfoui glands et châtaignes, noisettes et marrons, des arbres minuscules dépliaient leurs branches et déroulaient leurs feuilles. Loup-Gris n'en croyait pas ses yeux. Il trottinait de page en page en poussant de petits grognements de plaisir. Et l'oiseau voletait au-dessus de lui en sifflotant :
– Tu vois, je te l'avais bien dit.

En quelques semaines, les plus hautes branches caressèrent le ventre de Loup-Gris.
Et sa « forêt » abrita bientôt trois coccinelles, un escargot, deux scarabées,
six papillons, qui venaient prendre le soleil, posés sur une feuille,
ou se reposer à l'ombre fraîche des arbres nouveau-nés.
Loup-Gris était tout heureux.

Quelques mois plus tard, seules ses oreilles dépassaient des feuillages quand il se promenait. Et la nouvelle se répandit à travers les livres de la bibliothèque. Un beau matin, une famille de souris et un couple de hérissons s'aventurèrent entre les arbrisseaux. Puis un blaireau, un sanglier, quatre chevreuils… Une biche même y promena son petit et lui apprit à brouter les feuilles les plus tendres, celles qui fondent sous la langue avec un bon goût de noisette.

– Et voilà, disait l'oiseau. Tu l'as, ta forêt, maintenant. Il suffisait d'un peu de patience, tu vois.
Loup-Gris en avait les larmes aux yeux.
– Tu avais raison, c'est vrai. Mais maintenant ?...
– Hé, hé ! dit l'oiseau d'un air moqueur. Maintenant, tu n'as plus qu'à trouver une histoire... Et justement, je crois bien qu'elle n'est pas très loin.
Loup-Gris se retourna et aperçut, là-bas, une jolie chèvre blanche pénétrer sous la futaie.

C'était Blanquette,
la petite chèvre
de M. Seguin, qui s'en allait
dans la montagne
en passant par la forêt.
Alors Loup-Gris se cacha
derrière un buisson.

La chèvre venait vers lui en trottinant,
s'arrêtant de temps à autre
pour brouter une touffe d'herbe tendre
ou suivre le vol d'un papillon parmi les fleurs.

Loup-Gris la regarda passer en retenant son souffle.
Hé ! Faut dire qu'elle était jolie, la petite chèvre de M. Seguin !
Alors, à pas de loup, il la suivit vers la montagne en se léchant les babines.